LES ÉTRENNES DE LA SAINT MARTIN, OU LA GUERRE DE SCEAUX,

POEME FOU.

A AMSTERDAM.

M. DCC. XXXVIII.

LES ETRENNES DE LA SAINT MARTIN, OU LA GUERRE DE SCEAUX,

POEME FOU.

CHANT PREMIER.

JE chante des exploits échapés à l'Hiſtoire ;
Ou plûtôt réſervés aux Filles de Mémoire,
Et qu'un trop grand éclat, ſans leur autorité,
Auroit rendus ſuſpects à la Poſterité.
Le Soc avoit bruni la face des campagnes,
Et déja le Vin doux ruiſſeloit des montagnes ;
Lorſqu'avec LA TERREUR l'ardeur de fourager,
Arma GREGORIO, LA RISSOLLE & ROGER :

MARCHE-A-MOI, BRASDEFER, non moindres en courage,
Demeurés dans Paris, y gardoient le bagage.
Ce n'étoit point Tunis, ce n'étoit point Alger,
Que ces nouveaux croisés prétendoient ravager:
C'étoit aux Cervelas, au Jambon, au Fromage,
Au Bourgogne, au Champagne, au bon Pain de ménage
Que devoient se porter de si terribles coups;
Et Sceaux, de leur fureur, étoit le rendez-vous.
Dans ces lieux où déja la brigade arrivée,
A l'assaut résolu, marche tête levée,
Est un Fort sans fossés, sans Tours, sans Bastions,
Mais fort par son assiette & ses provisions:
Il est entre deux cours, dont l'une est gazonnée;
Aux Dindons, aux Pigeons l'autre est abandonnée.
BIEN instruit dans la Carte, & brûlant d'être aux mains,
ROGER n'hésite point entre ces deux chemins.
Camarades, dit-il, enfonçons cette porte,
Et gardez que, sur-tout, la Volaille ne sorte;
Joignons l'œconomie à l'ardeur de gagner,
Et

Et conſervons bien tout pour ne rien épargner :
Mais entrons ; la nuit vient, & la faim m'aſſaſ-
ſine ;
Je vous dirai le reſte, amis, dans la Cuiſine.
Il dit ; & dans l'inſtant le Fort fut emporté.
Dans la Cave déja LA TERREUR s'eſt jetté ;
Tandis que s'arrêtant ſur un reſte d'éclanche,
L'ardent GREGORIO le ronge juſqu'au manche.
Mais, du fond de l'Office, on entendit ſoudain,
D'un ton embarraſſé, crier : du Vin ! du Vin !
La TERREUR rapportoit une bouteille pleine ;
Il court reconnoiſſant la voix du Capitaine.
ROGER, c'étoit lui-même, acharné ſur un
pain,
Ayant aigri ſa ſoif en apaiſant ſa faim,
Réduit à l'épargner, l'embraſſoit d'un air ten-
dre,
Et ne pouvoit, hélas ! l'achever ni le rendre.
Autour de la bouteille, étendart bien ſuivi,
L'alteré Bataillo nſe raſſemble à l'envi :
Soldat & Caporal, Lieutenant, Capitaine,
Chacun également s'en détache avec peine ;
Ils ſe préviennent même, & c'eſt de main en
main
A qui pourra plûtôt ſoulager ſon voiſin.
Tant que dura le vin l'union fut pareille :

 Mais

Mais la Discorde sort du fond de la bouteille
Et montant en vapeur dans ces fougueux esprits
Fait annoncer d'abord son régne par des cris.
  GREGORIO joignant l'effet à la menace,
Déja de LA RISSOLLE a fait rougir la face;
Lorsqu'un coup plus tardif, mais non pas plus léger
Etendit LA TERREUR sous le bras de ROGER.
Le brave Caporal que ce coup de tonnerre,
Sans pouvoir l'étourdir, a renversé par terre,
Sur ses genoux pliés raffermissant son corps,
Saisit son ennemi qui se courboit encor;
Et l'ayant ébranlé par un effort extrême,
Retombant sur le dos, l'entraîne sur lui-même.
GREGORIO tenoit LA RISSOLLE aux cheveux;
Celui-ci voit leur chûte, & le poussant sur eux,
Il passe tout-à-coup sa jambe sous la sienne,
Et de son Lieutenant couvre son Capitaine;
Mais le bras qui le tient redoublant sa fureur,
Il acheve, en tombant, d'écraser LA TERREUR.
Sous ce choc général la troupe se délie;
Et se relevant tous avec plus de furie,
D'instrumens meurtriers chacun s'arme aussi-tôt;
L'un souleve un chenet, l'autre prend le réchaut;

Celui-ci

Celui-ci sur la pelle à la hâte se jette;
Cet autre, dans sa main, fait branler la pincette:
Tout présage le sang, tout n'annonce qu'horreur;
Les portes & les murs se couvrent de sueur:
On voit du poulailler s'échaper la volaille;
Les Dindons réveillés, sauter sur la muraille;
La Vache épouvantée a rompu son cordon,
Et vient, en mugissant, jusque dans le Sallon.
A voir des Combattans les terribles visages,
L'effet alloit répondre à tant d'affreux présages,
Quand le Seigneur du Fort parut au milieu d'eux:
Quel spectacle! dit-il, quels projets odieux!
Vois-je les descendans de ces grands Personnages
Dont l'un a mérité d'être au rang des sept Sages, *
Et qui par leur prudence également fameux,
Se flatoient de laisser des enfans digne d'eux!
Ah! si, vous éloignant des traces de vos Peres,
Votre ascendant vous porte aux actions guerrieres,

* Compagnie de sept bons Vivans.

Pourquoi quitter Paris, où vos heureux exploits,
Feroient contribuer tant de puissans Bourgeois?
Il faut porter la Guerre où régne l'opulence,
Et non pas dans des lieux soumis à l'indigence.
Laissez-nous élever nos Veaux & nos Dindons;
C'est pour ces Demi-Dieux que nous les engraissons.
Ici nous ne vivons que de lait & d'herbages;
Paris seul est pour vous un Pays de Fourages.
Par le plus court chemin que je vais vous montrer,
Croyez-moi, mes amis, hâtez-vous d'y rentrer,
Ou, Guerriers réformés, remettez-moi vos armes,
Et d'un Souper frugal venez gouter les charmes.
Le Commandant du Fort, en achevant ces mots,
Caresse ces Lións devenus des Agneaux;
Chacun, de son discours, pesant les conséquences,
Marche, & pour d'autres tems réserve ses vengeances.

Dans

Dans un Sallon brillant, le repas aprêté,
Du prodigue Seigneur dément l'humilité;
La Propreté s'eſt jointe à la Magnificence,
Et de tous ſes attraits a paré l'abondance:
Tout répond de leur part à ce grand appareil.
Et jamais on ne vit d'empreſſement pareil;
Les plats ſe ſuccedant ainſi que les bouteilles,
La ſéance fut longue, & feconde en merveilles:
Rien ne s'en fût ſauvé, ſi le Seigneur du Fort,
Voyant que l'honneur ſeul prolongeoit leur effort,
N'eût fait ſigne à BLONDIN, qui du champ de bataille,
Retira, comme il put, toute la victuaille.
Les fatigues du jour & les exploits du ſoir
Produiſent un ſuccès qui paſſe ſon eſpoir.
On parle de retraite, on quitte table, on monte;
Déja, chemin faiſant, le Sommeil les ſurmonte;
Et la Diſcorde envain fait un nouvel effort;
Le Sommeil eſt vainqueur, tout s'oublie, & l'on dort.

Fin du premier Chant.

CHANT

CHANT DEUXIE'ME.

LE trouble dans Paris renaît avec l'Aurore,
Et BRASDEFER au lit se tranquilise encore!
C'est sur lui cependant, que, dans Sceaux, en ce jour,
La Discorde a fondé l'espoir de son retour.
Ce Héros dans un âge encor peu propre aux armes,
S'étoit fait admirer dans l'horreur des allarmes.
Courcelles & Creteil *, lieux dignes de ses coups,
Avoient, plus d'une fois, éprouvé son courroux;
On avoit vû passer sa fureur incertaine,
Des rives de la Marne aux rives de la Seine;
De cent Coqs égorgés dans ses derniers assauts,
Ces fleuves étonnés roulloient encor les os.
La Discorde en entrant dans la chambre paisible,
Promettant à ses yeux un spectacle terrible,
Frémit de voir les murs pompeusement parés
De tous les ornemees au sexe consacrés,
Et de tout son bagage une malle est restée,

* Bonnes Maisons

Des

Des mains de la Molesse en toilette ajustée.
Tu périras ! dit-elle, Edifice odieux,
Thrône qu'à ma Rivale on éleve en tous lieux,
Autel où l'Amour propre attache la Jeunesse,
Et fait encor souvent grimacer la Vieillesse.
Elle prend, à ces mots, la forme d'un gros Chat,
En qui l'on eût crû voir le Doyen du Sabat ;
Grimpe sur la toilette, & fait, sous ses gambades,
Sauter peignes, miroir, boëte à poudre & pommades.
BRASDEFER à ce bruit s'éveille & veut crier ;
Mais sa voix s'embarrasse au fond de son gosier.
Le Monstre cependant bondit de place en place,
De la griffe & des dents tour-à-tour le menace ;
S'approche, & murmurant je ne sçai quoi d'affreux,
Lui souffle sa fureur, & se perd à ses yeux.
BRASDEFER hors du lit résolument s'élance ;
Et ne respirant plus que guerre & que vengeance,
Va trouver MARCHE-A-MOI, qui, nouveau Financier,
Déja la plume en main, menaçoit son papier.
Cher

Cher ami, lui dit-il, à quel indigne ouvrage
Peus-tu de ta main méme abaiſſer ton courage?
Eſt-ce donc pour chiffrer que naiſſent les gaands cœurs ?
La fortune à ce prix met envain ſes faveurs :
Si c'eſt par une route à l'honneur ſi contraire,
Qu'à force de ramper s'éleve le vulgaire ;
Par un chemin plus court un Héros ſçait marcher,
Et n'achete jamais ce qu'il peut arracher.
Nos Compagnons dans Sceaux font un ample ravage ;
Voilà de nos pareils l'état & le partage :
Sui-moi, laiſſe pourir ta plume à l'encrier,
Et d'un mauvais Chiffreur vien faire un grand Guerrier.

Ils partent : Ils voyoient déja l'Obſervatoire ;
Quand MARCHE-A-MOI montrant les murs de Saint Magloire,
Dit à ſon Compagnon : Sous ce toit écraſé
Logent deux Saints * vivans d'un régime opposé.
L'un a ſçû rapprocher ſa retraite du monde ;

* Deux Perſonnes de la Famille, Penſionnaires à Saint Magloire.

L'autre

L'autre ne peut trouver la ſienne aſſez profonde.
La piété de l'un ſoûtient l'air de la Cour;
L'autre, plus délicate, a peur du moindre jour:
Ils vont au même but par des routes diverſes.
Le premier, grand Guerrier, eſſuia des traverſes:
Mais, aujourd'hui, goûtant les douceurs du repos,
A table, cher ami, c'eſt encore un Héros.
Ce Saint, dit BRADEFER, eſt le plus ſûr à ſuivre,
Et pour ſçavoir mourir, il faut avoir ſçû vivre.
Ainſi s'entretenans ils avançoient toujours;
Et déja de Bagneux ils découvroient les Tours.
Eſt-ce là Sceaux, ami, que je vois ſur la droite?
Demande BRASDEFER, en pointant ſa lorgnette.
Ah! ne t'y trompe pas, repliqua MARCHE-A-MOI,
Du Voyageur à jeun tu vois d'ici l'effroi:
Sur le haut de ce mont, terre ingrate & ſtérile,
S'éleve un petit Fort d'un accès difficile,
Et par la raretédes rafraîchiſſemens,
Plus difficile encore à conſerver long-tems.
Un jour, que détaché pour faire le fourage,
Cette expedition s'offrit à mon courage,
J'y

J'y parus. Le Seigneur se rassurant un peu,
Vint me representer la misere du lieu.
J'en décampai bientôt, redoutant la Famine
Que sur l'âtre sans feu je vis dans la cuisine:
Ce mouillage est mauvais, passons vîte. A ces mots,
Ils prennent un sentier qui méne droit à Seaux.

Cependant ces Guerriers que la force & l'audace
Avoient subitement établis dans la place,
Outrés dans les plaisirs comme dans les travaux,
N'avoient pû sobrement y goûter le repos;
Et par une foiblesse encor moins pardonnable,
Passoient à leur toilette un tems fait pour la table.

C'est dans ce Fort exact un ordre bien suivi;
Que, la Cloche sonnant, le repas soit servi;
Qu'un seul y tienne lieu de la troupe complette,
Et trouve tous les mets soumis à sa fourchete;
Que jusques au Caffé les traineurs soient reçûs;
Mais que les plats ôtés ne s'y remontrent plus.

Telle est la Loi du Fort, que pour rendre suprême,

Son

Son équitable Auteur s'eſt preſcrite à lui-même.
Parvenus de la Plaine au ſommet du Côteau,
Nos Fantaſſins marchoient ſous les murs du
Château,
Lorſqu'au bruit de la Cloche abregeans leur
voyage,
Par la grille forcée ils s'ouvrent un paſſage,
Fondent par le jardin dans la Salle à manger,
Trouvent le dîner prêt ; & ſans ſe ménager,
Tels que deux Loups entrés dans une Bergerie,
Sur la Soupe fumante uniſſent leur furie.
Illuſtre Commandant, vous entrâtes alors;
Et jugeant de la ſuite à leurs premiers efforts,
Quelque léger effroi troubla votre viſage :
Mais ne pouvant ſauver votre bien du pillage,
Vous prîtes place entr'eux ſans attendre plus
tard,
Bien réſolu du moins de ſauver votre part :
Et vous-même entendant dégringoler la trou-
pe,
Fîtes ſigne à BLONDIN de ſouſtraire la Soupe.
Il l'enleve en effet ; quand le brave ROGER,
Que l'odeur du potage avertit du danger,
Ne conſidérant plus que le plat qu'on emporte,
Saute, prévient BLONDIN, & lui barrant la
porte :
Où vas-tu ? lui dit-il, arrête ! & connois-moi :
Jamais

Jamais mon appétit n'a reconnu de Loi ;
Le ſoin de cette Soupe à preſent nous regarde;
Et c'eſt un priſonnier que je prends en ma garde.
Va, ſi tu veus l'avoir, chercher pour ſa rançon,
Ou quelque fricaſſée, ou quelque ſauciſſon,
Ou je jure.....A ces mots BLONDIN prend l'épouvante,
Et la Soupe en leurs mains paſſe toute tremblante.

Fin du ſecond Chant.

CHANT TROISIE'ME.

LA Soupe finiſſoit; &,pour aller ſon train,
Le Service attendoit le retour de
BLONDIN.
ROGER, fixant alors les nouveaux Acolites:
Vous voilà donc, dit-il, Ecumeurs de Marmites?
Vous aimez l'un & l'autre, à ce qui me paroît,
La bréche toute faite, & le Potage prêt;
Mais la Soupe étoit chaude, & la fatigue altére,
Cette carraffe d'eau vous ſera ſalutaire.
Il dit; &, dans le tems qu'il ſaiſit le flacon,
L'un & l'autre effraié, fait en vain le Plongeon.
ROGER, dont l'œil les ſuit, les attrappe au paſſage;
Et du Flot ennemi, leur couvre le viſage.
L'Onde couche en paſſant leurs ſuperbes cheveux,
Et des ruiſſeaux de lait coulent par tout ſur eux:
Tel un torrent, formé par un ſoudain orage,
Sort tout troublé d'un Bois que ſa chute ravage.

MARCHE-A-MOI

MARCHE-A-MOI secouant sa tête de barbet,
Apperçût une Cruche à côté du Buffet;
Un Asne des plus forts, qu'on méne à la Fontaine,
A peine peut suffire à la rapporter pleine;
Cependant il l'enléve avec facilité;
Et l'énorme vaisseau dans ses bras agité,
Vomit un fleuve entier, qui va sous ses cascades
Envelopper ROGER & ses trois Camarades.
Au travers du limon qui lui fermoit les yeux,
BRASDEFER entrevit ce coup prodigieux;
Et sa main, à tâton, saisissant une Eguiere,
D'un déluge étonnant couvrit la Table entiere.
Chacun de ces Guerriers, dans ce Combat nouveau,
Disparoît tour-à-tour sous quelque lame d'eau.
Mais, comme le Canon, après quelque ravage
Des Mousquets plus pressans, laisse éclatter la rage.
Bien-tôt, au lieu des pots vuidés trop au hasard
Les Verres d'eau plus sûrs volent de toute part.

Brave GREGORIO, si l'on en croit l'Histoire,
JUPITER en ce jour prit soin de votre gloire,
Et

Et vous ſçûtes parer un triſte évenement;
On prétend que ROGER perdit le jugement,
Lorſque de MARCHEAMOI, la vigueur incroïable,
Fit jouer contre lui cette Cruche effroïable,
Qu'arrêtant l'Ennemi de ce ſuccès enflé,
Vous raſſurâtes ſeul votre Eſcadron troublé;
Et que vrai Lieutenant de ce Grand Capitaine,
Vous rendites du moins la victoire inceratine.
Quoiqu'il en ſoit, ROGER rentré dans le Combat,
S'expoſe alors au feu comme un ſimple Soldat;
Et, le Verre à la main, joignant ſon Camarade,
Ils lâchent l'un & l'autre une horrible raſade;
Mais, l'orage conduit par la ſeule fureur,
Va contre leur deſſein inonder LA TERREUR;
Son Verre plein de vin, eſt ſa ſeule défenſe;
La douceur de ce jus, celle de la vengeance,
Font héſiter ſon bras; mais choiſiſſant enfin
Il avala d'un trait, & l'affront & le vin;
Et voïant auſſi-tôt paroître la Fricaſſe:
Que d'un faux point d'honneur quelqu'autre s'embarraſſe,
Je ne ſuis pas, dit-il, plus endurant que vous;

Mais,

Mais je puis vous apprendre à mieux placer
vos coups.
A ces mots, ſans daigner s'eſſuier le viſage,
Des plats encor brûlans il tente l'abordage.
Qu'aiſément les grands cœurs écoutent leurs
pareils,
Quand ils joignent l'exemple à de ſages con-
ſeils!
On ne voit à la ronde aucuns bras qui moliſ-
ſent.
Sous leurs coups inconſtans, tous les plats
s'éclairciſſent.

Cependant LA RISSOLLE au Bouilli ſe fixoit,
Et ſervoit LA TERREUR qui le rafraichiſſoit.
Ce Grand Homme, chargé du détail de la
Pinte,
Ne pouvoit ſe laſſer de lui donner atteinte;
Chaque coup l'enflammoit d'une nouvelle ar-
deur.
L'affront qu'il a reçû lui revient ſur le cœur;
Il ſonge qu'en effet tout Paris le contemple;
Que cent braves Neveux lui demandent
l'exemple;
Que, s'il recule encore, il eſt deshonoré;
Et portant ſur ſes Chefs un regard aſſuré:
Des intérêts, dit-il, de plus grande impor-
tance.
M'ont

M'ont fait ſuſpendre un temps le ſoin de ma vengeance ;
Et ma crainte apparente abuſant vos eſprits,
Vous m'avez lâchement accablé de mépris :
Je ſaurois bien moi ſeul punir votre inſolence,
Si nos plus braves gens n'avoient part à l'offenſe :
Mais je vois LA RISSOLLE & le Grand MARCHE-A-MOI,
De votre orgueil extrême indignés comme moi ;
Qui, contre des Tyrans faciles à détruire,
Ne demandent qu'un Chef digne de les conduire.
Suivez-moi, mes amis, BRASDEFER le fougueux,
Peut même contre nous ſe liguer avec eux.

On goûte, on ſuit ce plan ; MARCHEAMOI, LA RISSOLLE,
Au brave LA TERREUR engagent leur parole.
BRASDEFER, qu'arrêtoit la honte de changer,
Paſſe alors librement du côté de ROGER ;
Et de ces deux moitiés entr'elles peu ſemblables,

Cet accord forme enfin deux Partis convenables.
Profitons, dit ROGER, d'un raïon de vertu
Que ce grand discoureur doit au vin qu'il a bû.
De ces trois malheureux nous n'avons rien à craindre,
Que de voir ce beau feu trop aisément s'éteindre.
Sortons; lançons la foudre à la face des Cieux,
Sur ces nouveaux Titans armés contre les Dieux.
Leur Hôte, en se levant, approuva de la tête
Ce défi qui du Fort écartoit la tempête,
Et leur dit, suivez-moi, je céde à vos fureurs;
Mais, il faut que ce séjour termine tant d'horreurs;
Qu'au Vainqueur généreux, le Vaincu se soûmette,
Et que la Guerre enfante une union parfaite.
De l'espoir du triomphe également flatté,
Chacun, sans balancer, souscrit à ce Traitté;
Leur sage Conducteur les menant à la porte,
Retient malaisément l'ardeur qui les emporte.

On

On voit, tels que des flots dans leur cours
arrêtés,
L'impatient Troupeau frémir à ses côtés;
La porte résistoit; mais, la porte abattuë
Les vômit tous ensemble au milieu de la rue.

Fin du troisiéme Chant.

CHANT QUATRIE'ME & dernier.

LA TERREUR, attachant un linge à son Chapeau,
Rassemble sa Brigade autour de ce Drapeau :
A sa gauche se tient le prudent LA RISSOLLE;
MARCHEAMOI l'intrépide, à sa droite se colle;
Serrés l'un contre l'autre, ils prennent le devant.
L'Escadron ennemi voltige en les suivant,
S'écarte, se rejoint, sans cesse les harcelle;
Et forme à chaque pas quelqu'attaque nouvelle,
Comme on voit des mâtins vainement furieux,
Poursuivre dans Paris une troupe de Bœufs;
Si l'un d'eux seulement, vient à tourner la tête;
Offrant sa double corne au combat toute prête,
Le plus hargneux s'arrête en lui montrant les dents;
Et sa fureur se borne à des aboyemens.
Ainsi, de tems-en-tems, LA TERREUR faisant face,

Réduit

Réduit à de vains cris leur importune audace;
Et se voyant au pied des Sables du Plessis : *
Camarades, dit-il, gagnons toujours païs ;
Et montant au-plûtôt, jusques sur la terrasse :
Exterminons de-là cette maudite Race.
LA RISSOLLE, à ces mots, connoissant un chemin,
Passe à la tête, monte & leur prête la main.
A la tête des siens, sans observer de route,
ROGER les poursuivoit, les croiant en déroute.
Le terrain, tout-à-coup, s'entrouvre sous leurs pas :
L'ennemi se retourne, & voit leur embarras.
La Montagne aussi-tôt, sous vingt ruisseaux de sable,
Engloutit à leur gré le Trio miserable.
Ils ne s'opposoient plus à leur enterrement ;
BRASDEFER même enfin restoit sans mouvement ;
Lorsqu'en se retournant, quelque Dieu favorable
Lui découvre à sa gauche un chemin praticable.
Il s'y jette aussi-tôt, monte sans être vû ;
Et poussant LA TERREUR d'un coup inattendu :

* Montagne du Plessis-Piquet, proche de Sceaux.

Amis! s'écria-t'il, recevez avec joie
Ce préſent que mon bras par les airs vous envoie.
Comme vous le voyez, ce Brave ſait ſauter,
Et veut vous épargner la peine de monter.
Le corps de LA TERREUR, du haut de la Montagne,
Va loin des deux Guerriers, rouler dans la campagne.
Tous deux, l'abandonnant à ſon ſort incertain
Rejoignent BRASDEFER par le même chemin.
Ce jeune Avanturier, très-mal dans ſes affaires,
Avoit à ſoûtenir deux puiſſans Adverſaires.
MARCHE-A-MOI, LA RISSOLLE, en Soldats aguéris,
Vengeoient leur nouveau Chef ſi bruſquement ſurpris;
Ils perdent à l'inſtant tout eſpoir de vengeance,
Trop heureux de ſuffire à leur propre défenſe:
Mais, laiſſant MARCHE-A-MOI qu'occupe BRASDEFER,
GREGORIO, ROGER, preſſés de triompher,
Entraînent LA RISSOLLE au bord du précipice;
Et frappant ſon eſprit de l'horreur du ſuplice;
Choiſis, lui dirent-ils, ou d'aller de ce pas

Joindre ton Compagnon, ou de mettre armes bas.
Ah! mon choix est tout fait, s'écria LA RISSOLLE;
Et je consens à tout, hors à la capriolle.
Sur le point de périr, encor plus affermi,
MARCHAMOY cependant pressoit son ennemi:
Traître! lui disoit il, qui dérobant la gloire,
D'aucun risque jamais n'achetas la victoire,
Le Ciel qui se déclare aujourd'hui contre nous,
T'abandonne du moins à mon juste courroux.
C'en est fait, on t'attend sur le rivage sombre,
Et du grand LA TERREUR tu vas rejoindre l'ombre.
Il redouble, à ces mots, ses terribles efforts,
Et saisit BRASDEFER par le milieu du corps.
Ses Compagnons envain connoissent son audace,
Ils courent effrayés du sort qui le menace;
Et hâtans leur secours déja trop attendu,
Trouvent, en arrivant, ce héros étendu.
Mais BRASDEFER à peine a mesuré la terre,
Qu'il leve vers le Ciel une tête plus fiere;
Et tous trois à la fois fondent sur MARCHEAMOI,
Qui, le dos arrondi, les reçoit sans effroi.
Leur fureur sur ce Roc qu'elle trouve immobile,
N'eût

N'eût fait, ſ'il eût voulu, qu'un effort inutile ;
Mais il ſe déracine en voulant ſe venger,
Et tombe renverſé du ſeul choc de ROGER.
BRASDEFER auſſi-tôt le preſſant de ſe rendre :
C'eſt vainement, dit-il, que tu veus me ſurprendre ;
Je ſçai trop à quel prix je pourrois me ſauver :
Mais tu dois me connoître, & tu peus m'achever.
Si j'oſe cependant te faire une priére,
Que mon corps que je livre à ta main meurtriére,
Ne ſoit point ſur le ſable indignement traîné ;
Remets-le dans les bras d'un pere infortuné : *
Il a dans ſon Palais de l'or en abondance ;
Et ma part de ſes biens ſera ta récompenſe.
BRASDEFER lui répond : Ceſſe de te flatter
Que je puiſſe avec toi me réſoudre à traiter ;
Tu diſpoſe aiſément des tréſors de ton pere,
Et ce qu'ils ont coûté ne t'embarraſſe guére :
Mais, croi-moi, quelque nœud qui le tienne attaché,
Il n'eſt pas homme à faire un ſi mauvais marché :

* Homme qui avoit acquis de gros biens.

Et ce corps, que ſans doute il verroit avec peine,
Sera bien mieux reçû des Corbeaux de la Plaine.
A ces mots, ſecondé de ſes deux Compagnons,
Il lui paſſe une corde au deſſus des talons;
Et chacun le tirant d'une égale furie,
Il ſe voit tout vivant traîner à la Voirie.
Le Commandant du Fort, à tant de cruauté
Vient oppoſer enfin toute ſa gravité.
Jupiter a rendu ſa mine plus hautaine.
Ils croient voir un Dieu ſous une forme humaine;
Son corps étoit couvert d'une Cuiraſſe d'or, *
Ouvrage que Priam fit faire pour Hector,
Qui, du Grec affamé, ne devint point la proïe,
FRANCUS l'ayant ſauvé du pillage de Troye:
Cuiraſſe, qui ſervit depuis à tous nos Rois,
Et fut ſous Henry III. le butin des Bourgeois;
Du neveu d'un Ligueur il l'avoit achetée,
Et depuis à ſa taille on l'avoit ajuſtée.
Vainqueurs de MARCHEAMOI! dit-il, quelle fureur

* Veſte d'or très-vieille, de l'aveu du Maître, & qu'il étaloit en badinant.

Fait

Fait d'un ſi beau triomphe un ſpectacle d'horreur ?
Quoi ! N'aſpireriez-vous, Conquerans ſanguinaires,
Qu'à diſputer le pas aux Houzards, aux Corſaires,
Lorſque (ſi votre ardeur ſavoit ſe contenir)
Sur les plus grands Héros vous pourriez l'obtenir.
Ah, ROGER ! Qu'aujourd'hui tu démens l'eſperance,
Que par tant d'heureux traits nous donna ton enfance ?
Un jour il m'en ſouvient, le Petit MARCHE A MOI
S'étoit laiſſé tomber en jouant avec toi.
Accouruë à ſes cris ſa Nourrice inquiete,
Déja, pour l'en punir lui trouſſoit la jaquette ;
Tu lui ſaiſis le bras ; &, plein d'un tendre effroi ;
Arrêtez ! lui dis-tu ; frappez plûtôt ſur moi :
Mais, de votre courroux je vois tomber la flâme ;
Et la clemence cherche à rentrer dans votre ame :
Venez me voir, fêtant votre réunion,
Aux Dieux qui l'ont permiſe, immoler un Dindon ;

Et

Et que le Vin tiré ſous un meilleur auſpice,
Ne ſoit point épargné dans notre Sacrifice.
Il dit : Ce dernier trait pénétra tous les cœurs.
MARCHEAMOI ſe reléve, aidé de ſes Vainqueurs.
LA RISSOLLE, qui voit la Guerre bien éteinte,
Accourt, en ſecoüant quelques reſtes de crainte :
Cependant, LA TERREUR, dont on s'inquiétoit,
Sur le Champ de Bataille avec peine montoit.
Un mélange impoſant de ſueur & de pouſſiere,
Donne encor du relief à ſa mine guerriére.
Ce fut en cet état, qu'il crut, ſans déroger,
Pouvoir ſe proſterner aux genoux de ROGER,
Qui, ſe laiſſant conduire au Seigneur de la Place,
Lui rend ſon amitié, le reléve & l'embraſſe :
Ainſi finit la Guerre ; & pour indemnité,
Le pillage du Fo[illegible]eux fut arrêté.

BIBLIOTHEQUE ROYALE I

Fin du quatriéme & dernier Chant.

www.ingramcontent.com/pod-product-compliance
Ingram Content Group UK Ltd.
Pitfield, Milton Keynes, MK11 3LW, UK
UKHW020519230726
13925UKWH00005B/2199

9 782014 07084